Friesische Punschgeschichten

Erzählt von Heinz Hahn
Illustriert von Margrit Ewert

Husum

Die Deutsche Bibliothek – CIP-Einheitsaufnahme

Ein Titeldatensatz für diese Publikation ist bei
Der Deutschen Bibliothek erhältlich

Texte: Heinz Hahn, geb. 1925
Hinrich-Fehrs-Str. 38,
25813 Husum

Radierungen: Margrit Ewert, geb. 1951
Freischaffende Malerin und Grafikerin
Grünholz 12, 24996 Sterup

4., erweiterte und neu illustrierte Auflage der
„Nordfriesischen Punschgeschichten" 2001

Satz und Lithographie: Fotosatz Husum GmbH
Druck und Verarbeitung: Husum Druck- und Verlagsgesellschaft
Postfach 1480, D 25804 Husum – www.verlagsgruppe.de

ISBN 3-88042-952-9

DIE ERSTE PUNSCHGESCHICHTE

Wie man Punsch ansetzt und wie man Punsch trinkt, das hat mir der alte Hansen beigebracht.

Ein ganzes Jahr lang hab ich mit Freunden geübt. Am besten ist, wenn man fünf Mann zusammenhat, denn PUNSCH heißt eigentlich FÜNF.

Man nimmt fünf Zutaten:

> Tee und Wasser,
> Zitrone und Zucker,
> vor allem aber: Köm.

Fünf Minuten lässt man den Friesentee in der alten Kupferkanne ziehen, und man trinkt immer nur mit kleinen Schlucken. Dazu muss jeder etwas erzählen. Seit langem schreibe ich mir die besten Punschgeschichten auf.

Wenn der Abend lang wird und der Teekessel leer, darf man noch viermal neu ansetzen. Aber mitternachts ist Schluss: Dann helfen wir einander nach Haus, und ich setz noch eine Schale ins Stiegenhaus für Nis Puk.

Ihr müsst noch wissen, dass es bei uns zu Haus fünf Punschsorten gibt: Die Friesen nehmen den geelen Köm, nur die Husumer den weißen. Die Flensburger setzen mit Rum an, die vornehmen Kieler nehmen Arrak und die Lübecker schon aus Tradition Rotspon.

Du musst da schon wissen, wofür du dich entscheidest. Denn Köm macht den Blick weit, du siehst in die Ferne und in die Freiheit, und du fühlst dich wohl bei den Nordlichtern.

Rum macht Rebellen, die man nur schwer regieren kann.

Vom Arrak werden die Glieder gefügig, du kriegst aber leicht einen schweren Kopf davon.

Rotspon lieben liberale Leute.

Mein Freund Theo will immer alles genau wissen und hat alle fünf Sorten zusammengemixt und dann probiert. Das gibt er jetzt seinen Hausgästen, die er gern loswerden möchte. Ich aber bin für den Punsch mit Köm und stoße jetzt mit euch allen in Gedanken an. Prost! Und haltet euch aufrecht!

DIE ZWEITE PUNSCHGESCHICHTE

Die Nacht ist still und kalt. Im Dorf wird man das Tuckern unseres Kutters gut hören können.

Morgen ist der 1. Dezember. Da trinken wir fünf unseren Teepunsch draußen, wo vor vierhundert Jahren Rickelsbüll und Wendigstadt lagen. Bei Tiefebbe graben wir manchmal noch Eichenbalken aus. Und den neuen Koog benennen wir nach dem alten Rickelsbüll.

Kulle wirft den Anker überm Kirchhof. Wir drängen uns im Ruderhaus zusammen, gießen aus der Kupferkanne Punsch nach, erzählen Sagen von damals und schweigen, hören auf die kreischenden Möwen, auf die Stille und auf die Stimmen von unten.

Wer die nämlich nicht hören kann, muss selbst immer wieder von vorn anfangen.

Der Tee schärft die Sinne, und der Köm macht das Herz warm.

Im Teepunsch steckt die Art, wie die Leute hier leben und wie sie sind:

- zupacken, auch wenn Schlick in die Stiefel läuft;

- träumen können und doch nüchtern bleiben;

- den anderen gelten lassen,
  auch den ganz Spinnigen;

ME2000

– Mut behalten auch bei steifem Sturm;

– Freiheit bewahren „trotz alledem“…

So wie beim Punsch will das alles mit Bedacht gemengt sein!

Drum musst du den Punsch trinken, wenn Himmel, Meer und Erde sich berühren, wenn Getier und Menschen still werden.

Und du musst mit uns auch auf die da unten trinken.

DIE DRITTE PUNSCHGESCHICHTE

Nach dem vierten Punsch hören Hilde und ich es ganz genau: NIS PUK poltert oben unterm Reetdach – klapp – klapp – gehts mit den Holzpantinen vom Giebel hinüber zum Stiegenhaus und wieder zurück. Das sind bestimmt keine Ratten, wie Hilde zuerst gedacht hat: Nis Puk vertritt sich die Füße!

Dabei ist er noch gar nicht lange bei uns: Vor fünf Monaten ist er herübergekommen von Peter Jensen, dem Nachbarn. Denn der hat geheiratet, so eine ganz Hübsche aus Kiel. Und die hat alles richtig auf Vordermann gebracht: Der ganze Boden wurde geräumt von Harken und Schaufeln und Truhen und Heu und dann dick ausbetoniert – von wegen Sauberkeit und von wegen Brandgefahr. Und das Dach wurde neu eingedeckt, mit Eternit. Denn das ist viel billiger als Reet und viel sauberer. Und Sauberkeit ist Sicherheit, meint Peter Jensens Frau, und sie kommt aus der Stadt.

Aber Nis Puk ist seitdem zu uns umgezogen. Und Peter Jensen war froh, hat er uns gesagt, denn der Geist oben ist wirklich unbequem, wenn er so poltert und uns ärgert: Mach ich die Dachluke auf, schmeißt er sie mit Krach zu. Schließ ich sie fest, reißt er sie auf, dass die Scheiben knallen. Er weiß eben alles besser. Wegen der vielen Aufregung ists auf jeden Fall besser ohne Geist, meint Peter Jensen.

Da sitzen wir nun in dem gammligen Haus, mit den Eichenbalkenwürmern, und der Dachstuhl schaukelt und ächzt im Herbststurm. Immer wieder muss ich hochklettern und Reet nachstopfen in die Löcher und muss die Spatzennester rausholen. Sogar im Dunkeln stoß ich auf dem Dachboden nirgends an, weil ich genau weiß, wo was liegt und steht.

Aber Hilde geht nie nach oben, wenn Nis poltert, oder sie trinkt ihre fünf Punschs vorher. Man weiß schließlich nie, was so einem Geist alles einfällt.

Nis Puk hat keine Ruhe; in dem Trödelkram unterm Dach fühlt er sich wohl. Denn wo es so sauber ist wie bei Peter Jensen, da gibts keinen Geist oben. Doch Peter Jensen meint nur, ich spinne. Vielleicht hat er mit seiner spitzen Nase auch Recht.

Aber dann hat er doch nachdenklich geguckt, als nämlich der Sturm zu Silvester war und der Schnee dazu. Wir mussten alle bei der alten Petroleumlampe vom Vater sitzen, weils keinen Strom gab. Hilde hat schnell Punsch gemacht; eine Schale hat sie heimlich ins Stiegenhaus gestellt. Dann haben wir Nis oben poltern und fluchen hören: Er saß im Gebälk! So ein Geist hat nämlich gar keine Angst wie wir, aber viel mehr Kraft! Und er will im Warmen sitzen wie wir. Drum hängt er sich an die Dachsparren, wenn der Sturm das Reet aufreißen will, und schaukelt mit dem ganzen Dachstuhl hin und her.

Bei Peter Jensen hat es aber das ganze Eternit weggerissen und fortgeschleppt bis in die Gräben hinein, und der halbe Dachstuhl ist hin gewesen. Und der Regen ist durch die dicke Betondecke doch bis in die Stube gelaufen. Sie kamen auch

ME 2000

gleich rüber zu uns gerannt, mitten in der Nacht, und haben kein Wort gesagt, als es bei uns oben gepoltert hat – nur hinübergeguckt haben sie immer zu ihrem Haus.

Das hat am Morgen nach dem Sturm und Regen eigentlich viel sauberer ausgesehen, wie blank geputzt, nur oben eben kaputt, sauber und kaputt. Zu viel Putzen ist eben ungesund, weil man den Geist vertreibt.

Oben polterts schon wieder. Noch einen Punsch, Hilde! Wir trinken auf die Leute, bei denen es totenstill ist, weil sie ohne Geist sind, ganz putzsauber und ganz allein mit ihren Gedanken in ihrem eigenen Haus. Prost Nis Puk!

DIE VIERTE PUNSCHGESCHICHTE

Wer einen Puk unterm Dach hat, darf mächtig stolz sein, denn so ein Puk ist nicht bei jedem.

Aber er sollte nicht zeigen, dass er stolz ist, weil der Puk das nämlich nicht leiden kann. Puks bleiben nur bei Leuten, die nicht dumm sind und deshalb auch nicht angeben, dass sie nicht dumm sind. Drum sucht der Puk auch lange, bis er jemanden findet, wo er bleiben kann. Und er neckt dann und poltert, bis er genau weiß, woran er ist, und er passt genau auf, was geschieht. Manche Leute schimpfen nämlich mächtig aufeinander, wenn sie ihre Sachen morgens nicht finden; bei denen bleibt der Puk nicht. Andere merken gar nicht, was los ist, wenns bei ihnen poltert und rumpelt und die Pantinen weg sind. Bei denen bleibt der Puk auch nicht, weils keinen Spaß macht, wenn einer dumm ist.

Wir haben auch nicht gleich an Nis Puk gedacht, als uns Theo immer so freundlich gegrüßt hat. Theo bringt nämlich die Brötchen und legt sie früh 6 Uhr in die Tüte an der Haustür. Aber dann haben immer welche gefehlt, und wir haben uns auf die Lauer gelegt. Bis auf das Poltern war aber nichts, und doch hat wieder eins gefehlt. Dann hat uns aber Theo mit einmal mürrisch angeguckt und gemeint, das mit dem Köm in der Tüte, das hat ihn ja man gefreut – aber jetzt die dreckigen und schmierigen Steine jeden Morgen – da wars früher mit gar nix drin besser. Nun wussten aber Hilde und ich gleich, was los war und auch, wohin das Kästchen mit den kleinen Kömfläschchen gekommen war.

Aber den Puk wollten wir trotzdem gern behalten, oben unterm Reet. Drum haben wir auf Theo eingeredet, auch gleich ein Brötchen mehr bestellt für Nis Puk und es ihm ins Stiegenhaus gelegt und ein Fläschchen daneben, weil die ihm doch so gut geschmeckt hatten.

Wenn meine Pantinen weg sind, steig ich jetzt gleich unters Dach und such im Schrank und in der hintersten Ecke unter dem Gerümpel bei der Truhe und am Ende auch unterm Reet, das dort zum Nachstopfen bereitliegt.

Einmal hab ich dem Puk vor Ärger nur ein halbes Brötchen ins Stiegenhaus gelegt, und er ist dann gleich den ganzen Tag oben mit Pantinen hin und her.

Seit wir den Geist im Haus haben, wird uns manches viel leichter. Kommt ein Besuch aus der Stadt, erzählen wir ihm meist Geschichten vom Puk und passen auf, was der dann dazu sagt. Und wir wissen, der Puk hockt oben und lauscht durch die Decke.

Denn wenns einer ist, der nur an sich selber glaubt, oder einer, der Angst hat vor fremdem Geist und drum nicht geneckt sein will, oder auch einer, der nur die Ordnung will und drum lieber allein ist in seinem eignen Haus – dann rumpelts oben. Und wir wissen gleich Bescheid: Der Besuch muss bald fort und möglichst für immer.

Manchmal kommt aber einer, der kann lachen, auch über sich selber, und ganz selten auch einer, der daheim selbst einen Puk unterm Dach hat.

Dann wirds ganz still in dem alten Haus. Wir setzen noch einmal Teepunsch an. Und ich denk mir, die beiden Puks sitzen jetzt oben und klönen wie wir.

Hilde und ich sind mächtig froh, dass der Puk nicht wegging, letztes Jahr, als es so mächtig gestürmt hat bei uns. Und überhaupt sind wir froh über den Geist. Aber das kann nicht jeder verstehen.

DIE FÜNFTE PUNSCHGESCHICHTE

Kurz vor dem Petritag poltert Nis Puk besonders stark. Er will uns an das Biikefeuer erinnern; denn auch für ihn ists wichtig, dass die bösen Geister vertrieben werden, die im Winter zu ihm unters warme Dach drängen.

Die jungen Leute brennen zu Petri die Holzstöße an, sammeln schon wochenlang dafür, bis die hoch genug sind, dass man den rotgelb sprühenden Brand bis drüben auf den Halligen sieht. Und die Geister, die im Winter hinter den Hecken im Nebel lauern oder im dunkeln Schuppen hocken, die müssen dann weg, dorthin, wo sich Nacht und Nebel noch länger halten.

Am Abend sitzen wir Alten in der Stube, setzen den Punsch besonders kräftig an und sehn aus der Ferne zu, wie die Jungen durchs Feuer springen, um sich ihren Mut zu beweisen. Wir Älteren wissen, dass man Mut auf ganz andere Weise zeigen muss – aber mit dem Durchs-Feuer-Springen stimmts schon irgendwie.

Nachbar Jensen hat mir genau erzählt, wen ich auf keinen Fall zum Punschtrinken am Biiketag einladen darf. Er kennt nämlich alle im Dorf viel besser als ich und mischt überall ganz vorneweg mit. Man muss immer dabei sein und viel in der Zeitung stehn, sagt er, wenn man sich vorn halten will, und man darf dabei keinen Fehler machen, sonst ist man weg vom Fenster. Der alte Hansen von Bevertoftwarf, sagt er, der erzählt ohnehin den ganzen

Abend nur davon, dass früher zum Biiken noch ein Thing gehört hat, und dort mussten die Streitereien vom letzten Jahr so lang beklönt werden, bis die bösen Geister aus den Köpfen heraus waren. Erst dann gings zum Biikebrennen.

Aber Nachbar Jensen meint, dafür hätten wir heut die gewählten Vertreter wie ihn, und die das ganze Jahr über. Die regeln schon alles für uns. Drum ist das Vergangenheitsspinnerei, und Hansen macht die Leute nur verrückt mit Sachen, von denen sie am Ende doch nichts verstehn.

Und den Deicharbeiter Petersen von den Fischerhäusern beobachtet er sowieso schon lange, sagt Jensen. Und er weiß auch ziemlich genau, wie der bei der letzten Wahl gestimmt hat. Wenn man dem was klar machen will, kommt immer gleich sein Aber. Und das nervt auf die Dauer ganz schön. Aber natürlich gefällt das den Jungen, und darum treffen sie sich immer bei ihm. Beim Biiken ist er auch immer vorneweg und macht Sprüche. Aber auf den wird genau aufgepasst, sagt Jensen.

Am schlimmsten ist aber der neue Pastor, sagt Jensen. Der ist ja auch nicht von hier und hat es letztes Jahr fertig gebracht, mit seinen Konfirmanden Holz und Stroh zum Biikeplatz zu schaffen; nächstens predigt er noch über Jesus und Nis Puk. Am Abend vor Petri hat er sogar einen Fackellauf mit den jungen Leuten von der Kirche zum Biikestoß gemacht, und am Tag drauf ist er mit den Konfirmandeneltern zum Grünkohlessen gegangen.

Aber die jungen Leute, meint Jensen, darf man nicht einfangen mit Tricks und mit Nachgeben.

Man muss ihnen genau zeigen, was sich gehört und was nicht – auch bei den Bräuchen unserer Vorfahren.

Darum geht Nachbar Jensen auch nicht selbst zum Biikeplatz hinaus, sondern trinkt daheim mit Freunden, die genauso beständig denken und handeln wie er.

Als Jensen fort war, hab ich erst einen Köm getrunken und dann gleich die Einladungen zum Teepunsch geschrieben.

Mit dem alten Hansen, dem Petersen und dem Pastor ist das ein guter Abend geworden. Wir haben viel erzählt und viel nachgedacht, jeder auf seine Weise. Zuhören ist ein Mittel gegen böse Geister.

Dann haben die Jungen erst den Pastor und ganz spät auch uns noch hinausgeholt zum Feuer.

Das verglüht ruhig im ersten Morgenrot, vertreibt Nacht und Nebel und mit dem ganzen Dunst auch manchen bösen Geist.

DIE SECHSTE PUNSCHGESCHICHTE

Hilde hat als Erste gemerkt, dass unser Nis Puk ganz anders klopft als sonst. Irgendwie kräftiger und härter.

Ihr müsst nämlich wissen, alle Puks haben ihren eigenen Charakter, jeder seinen besonderen, genauso wie wir Menschen. Und man gewöhnt sich bald aneinander.

Unser Puk hat es am liebsten, wenn er auf seinem Dachsparren schaukeln und zuhören kann, wie wir unten klönen. Besonders mag er die ganz leisen Geschichten, bei denen man erst nach einer Weile merkt, was die alles bedeuten.

Gar nicht leiden kann er es, wenn einer dick aufträgt oder wenn einer alles immer ganz genau und ganz bestimmt weiß und auch so spricht. Dann wissen Hilde und ich schon, dass er oben ärgerlich hin- und herrutscht und mit seinen großen Pantinen schlenkert.

Wenns aber dreimal an die Decke in der Klönstube klopft, leise und fein, dann ist das sein Hört-hört. Und wir sehen ihn vor uns, wie er mit den Augen zwinkert, weil ihm was gefällt.

Also, Hilde hat gleich gemerkt, dass was nicht stimmte mit dem Puk. Aber wir haben doch ein paar Tage gebraucht, bis wir wussten, dass oben unterm Dach ein Vertreter saß. Manchmal, im Frühjahr, muss nämlich unser Puk weg aus Nordfriesland: Er trifft sich dann mit Puks und verwandten Gesellen auch aus West- und Ostfriesland zu einem Kongress. Jeder muss eben ab und zu mal raus, weil man sonst Platzangst kriegt und Reetdachkoller.

Erst haben wir nicht gewusst, wer unseren Puk oben vertritt; denn aus dem kräftigen Pochen allein kannst du das noch nicht rauskriegen. Aber dann merkten wir, wie leicht der sich ärgerte:

Wenn wir ihm nicht pünktlich was ins Stiegenhaus gestellt hatten oder wenn wir abends Jazz hörten oder wenn einer abends beim Punsch was besonders Spinniges erzählte. Da hättet ihr ihn mal pochen hören sollen: dreimal kurz und knapp und laut! Und seinen Punsch im Stiegenhaus hat er dann aus Protest nicht angerührt. Mit der Zeit haben wir dann noch mitgekriegt, dass er mit seinen langen Fingern auf dem Balken trommelte, wenn ihm was besonders gefiel – und das hörte sich genauso an, als wenn oben unsere Mäuse hin- und hermarschierten.

Am tollsten hat er mal getrommelt, als Nachbar Walter seinen Sohn anpfiff, der es auf dem harten Eichenstuhl nicht mehr aushielt: Friesenjungen sitzen gerade … Mann, was hatten wir da für einen Puk unterm Reet! Der wusste immer genau, was sich gehörte und was nicht, und auch, was man tun muss und was nicht!

Ich hab der Hilde gar nichts Politisches mehr aus der Zeitung vorlesen können – höchstens mal einen Witz –, und dabei hab ich dann schon immer nach oben gehört. Aber da war alles totenstill, und ich hab geahnt, jetzt sitzt er in der Ecke und guckt verächtlich.

Erst haben wir lange nicht gewusst, wohin der Puk eigentlich gehörte. Bis ich dann mal bei Lehrer Friedrichsen in der Schule zuhörte, wie er die Kinder zum Lesen erzieht: poch-poch-poch, dreimal kurz, das heißt: Fehler. Manchmal dürfen die Kinder sogar beim Fehlerpochen helfen und den klugen Lehrer spielen. Nur, wenn er selber was erzählt, trommelt er sich dann auch selbst was aufs Pult und kann dabei seine Hände nicht stillhalten vor Begeisterung.

Na ja, er kommt aus der Stadt.

Hilde und ich: Wir hatten den Puk vom Lehrer im Haus!! Aber das kannst du kaum drei Wochen aushalten! Was für ein Glück, dass wir nicht mehr in die Schule müssen und nicht mehr lernen müssen, was gut und was schlecht ist! Das strengt nämlich ziemlich an, und wir in Friesland lassen uns überhaupt nicht gern sagen, was wir tun sollen und was nicht. Wir machen viel lieber, was uns gefällt. Am besten aber so, dass die oben gar nicht merken, was da so läuft.

Was waren Hilde und ich froh, als endlich unser eigener Puk zurück war!

Wenn ich jetzt durchs Dorf geh, denke ich bei mir immer: Was der wohl für eine Sorte Puk unterm Dach hat. Denn jeder kriegt einen, den er verdient. Da kannst du aber ganz schön ins Grübeln kommen.

Prost.

DIE SIEBENTE PUNSCHGESCHICHTE

Wer sich mit seinem Nis Puk gut verträgt, der hat viel zu lachen und ist vor Überraschungen nie sicher. Darum wirds in seinem Haus auch nie langweilig. Er darf seinen Puk auch schon mal selbst necken – aber der rächt sich dann meistens! Wenn er wirklich mal Hilfe braucht, dann kann er aber auf seinen Puk rechnen.

Neulich hat nach langer Zeit wieder mal Erwin bei uns hereingeguckt, der pensionierte Lehrer aus unserem Dorf. Hilde und ich sind ziemlich erschrocken, wie alt er in den paar Monaten geworden ist: Zwei Bitterfalten haben sich von seinen Mundwinkeln aus eingegraben, und die beiden Tränensäcke unter den Augen machen das ganze Gesicht müde und mürrisch.

Am schlimmsten ist, sagt er, dass er nichts mehr zu lachen hat, und gleich fängt er an, mir von seinen Krankheiten zu erzählen.

Früher, als er noch im Dienst war, haben ihn die Kinder zwar immer ziemlich geärgert, aber dafür hat er auch oft lachen müssen und dürfen. Und nun war Erwin mit seiner Pensionierung ganz schnell alt geworden und ohne Lachen. Beim dritten Teepunsch erzählt Erwin immer noch von seinen neuen Krankheiten und was er in den Illustrierten alles über wunderbare Pillen und Heilungen gelesen hat.

Wenn selbst der Punsch nicht mehr hilft, ist Zeit für Nis Puk. Der hat nämlich schon ziemlich grämlich von oben zugehört, bis ers nicht mehr ausgehalten hat.

Wir sind dann aber doch erst mal ganz schön hochgeschreckt, wie plötzlich durch die Sprossenscheiben zwei Gespenster hereingucken. Waren aber bloß Emelie und Martha, so nenne ich die beiden rotbraunen Kühe von Nachbar Petersens Weide. Und dann guckt auch noch Böshika Arschika Elisabeth Anna, die Ungarin, herein und leckt ganz zärtlich die Scheibe ab. (Ich hab die drei nämlich nach meinen Jugendfreundinnen genannt. So wird man am besten mit schmerzlichen Erinnerungen fertig.)

Draußen drängt sich nun die ganze Kuhherde: Irgendein Bösewicht hat das Gattertor der Weide geöffnet. Nun stecken sie alle ihre Hinterteile gegen den Regen, halten den Kopf unters Reetdach und glotzen mit ziemlich menschlichen Augen zu uns herein. Sogar Erwin muss lachen.

Wie er aber hinaus will zu seinem Auto, hat dort der Nieselregen den Kuhschiss so verschmiert, dass alles glitschig ist.

Drum haben wir lieber erst mal weiter Punsch getrunken, und Erwin fing an, mir von den Streichen seiner Schüler zu erzählen.

Einmal hatten die Schulabgänger die Schlüssel zu den Klos versteckt, und kein Schüler und kein Lehrer konnte, wenn er mal musste. Für die Lehrerin wars am schlimmsten, denn die durfte doch nicht mit den andern hinter die Hecke gehen …

Überhaupt, sagt Erwin, gabs früher noch richtige Streiche, und heute wird oft nur Krach gemacht oder mit Wasserpistolen gespritzt. Und seine Augen funkeln, während er erzählt, und sein Gesicht ist ganz glatt und rosig geworden.

Beim fünften Punsch hat er mir versprochen, alles aufzuschreiben für eine Dorfchronik, auch, wie wir alle damals gelebt haben nach dem Krieg, die Leute von hier und die vielen Flüchtlinge, und wie wir alle gehungert und trotzdem viel gelacht haben; denn der Krieg war ja vorbei.

Erwin hat es auf einmal eilig, nach Hause zu kommen zu seinem Schreibtisch. Sogar der Schiet an seinen neuen Schnürschuhen macht ihm jetzt nichts mehr aus.

Hat eben jemand unterm Dach gelacht? Ich proste noch einmal meinen Jugendgeliebten zu und geh ins Bett.

Schlimm wirds im Leben erst, wenn du das Lachen verlernt hast und wenn du nur noch ans Älterwerden denkst.

Aber das kann mir nicht passieren – ich hab ja den Nis Puk unterm Dach.

Prost.

DIE ACHTE PUNSCHGESCHICHTE

Fiete hat unser Dach neu eingedeckt mit Reet aus dem Gotteskoog, und oben ists jetzt richtig gemütlich geworden. Auch der modrige Schimmelgeruch ist weg. Sicher kommt auch unser Steinkauz bald wieder. Vor dem erschrickt Mutter immer so, wenn er mitten in der Nacht „Quuuit-quuuit, komm mit, komm mit“ ruft, wo sie doch eben von unserem verstorbenen Vater träumt.

Aber das schreckliche Poltern kommt heute, weiß ich, von den Puks aus unserem Dorf. Denen zeigt unser Puk sicher das neue Dach. Nun gucken sie, ob Fiete auch ordentlich nach dem alten Brauch das Dach genäht und gebunden hat. Das hält dann nämlich auch ein ganzes Menschenleben lang!

Gleich stell ich noch ein paar Fläschchen Köm ins Stiegenhaus; unser Puk soll schließlich ein guter Gastgeber sein.

Aber oben wird jetzt gestritten und gepoltert. Ich kann mir schon denken: Jetzt gehts um das neue Rathaus mit dem modernen Runddach aus Kupferblech. Denn so schön das auch von außen aussieht: Der Baumeister aus der Stadt hat gar nicht daran gedacht, dass oben auch Platz sein muss für einen Puk. Nirgendwo gibts eine Rumpelecke – alles genutzt für das Amt. Der Baumeister sagt voll Stolz „effektiv“ dazu …

Aber wie sollen die Ratsherren denn über etwas beraten, wenn oben kein Puk mehr wohnen kann, der immer dann poltert und stampft, wenn unten einer nur Reden schwingt und doch nichts zu sagen hat? Wer keine Ecke lässt, in der Träume wohnen können, der wird bald zum Wichtigtuer.

Bei mir im Gammelhus sitzt oben immer einer, der auf uns alle aufpasst. Drum trinken wir auch, wenn wir über was nachdenken müssen, erst lange jeder für sich seinen Teepunsch. Und Papier geredet wird auch nicht, schon, weil die andern sonst dabei zu viel wegtrinken. Die neunmalklugen Politiker in den Ratsstuben haben aber oft verlernt, was es heißt, selbst still zu sein und auf den andern zu hören.

DIE NEUNTE PUNSCHGESCHICHTE

Da kannst du schon hochschrecken aus deinem Sessel, wenns an die Zimmertür klopft, und du weißt ganz genau, du hast abgeschlossen, und dein Haus ist verrammelt und dicht!

Beinah hätt ich vor Schreck die Kupferkanne mit dem Punschwasser umgeschmissen; aber die war sowieso schon halb leer.

Er ist dann aber auch gleich reingekommen, bevor ich noch den Kloß im Hals runtergeschluckt hab. Er rein und sagt kein Wort, haut sich in den alten Holzstuhl, schiebt sich ein Stück Priem in den Mund, streckt die Beine aus und tut ganz so, als wär er zu Hause.

Ist er auch gewesen!

Wie er sieht, dass ich noch schlucke, gießt er sich erst einen Punsch ein, schlürft mit Genuss, guckt mich mitleidig an und murmelt was wie ‚Freizeit'. Da erst merk ich: war fünf nach zwölf!

Er sagt dann noch, sie dürfen, wenn Vollmond ist und gar kein Wind, mal nach Haus und nach dem Rechten gucken. Aber nur ganz Spinnige wie ich könnten sie sehn, die meisten schaun durch sie einfach durch und sehn nur den Stuhl, auf dem er sitzt, den mit dem eingeschnitzten „A – H", das ist nämlich seiner, und er heißt Anker Hansen.

Überhaupt gefällt ihm sehr, dass ich den Stuhl aus dem Gerümpel rausgesucht und wieder hergerichtet hab.

„Schall alens so blieven, wie dat war“, meint er, zündet die Petroleumlampe an und knipst das elektrische Licht aus. Nun kann ich ihn nicht mehr so gut sehn, aber desto besser riechen. Er stinkt nämlich nach Schlick und nach faulem Fisch, nach Teer und Petroleum. Von seinen Stiefeln sind große Stapfen auf Hildes neuem Teppich. Wie er noch den Priem in die Ecke spuckt, ist mir aber nicht ganz wohl, wenn ich an Hilde denk und an morgen früh, wenn sie putzt.

Anker hat dann gleich furchtbar gehustet. Und ich hab gefragt, wie alt er ist und was er hat. Er sieht nämlich ziemlich alt aus, und sein Husten klingt ganz schlimm.

Aber er guckt mich nur mitleidig an, sagt was von vierzig und rückt ganz nah an die Ofenwand. Meine Frage war natürlich dumm bei so einem wie bei ihm. Die bleiben doch immer so, wie sie von uns weggegangen sind.

Den Punsch trinkt er gleich ganz aus, der schmeckt ihm bestimmt wie zu seiner Zeit.

„Schall alens so blieven, wie dat war“, murmelt er noch einmal, und weg war er.

Alles so bleiben? Nicht doch ein bisschen wärmer, ein bisschen heller, nicht schon mit vierzig todkrank?

ME 2000

Ich gieß mir noch einen Punsch nach: Nein, alles muss bestimmt nicht so bleiben, wie das einmal war.

Nächstes Mal sag ichs ihm und setz gleich einen so steifen Punsch auf, wie ich ihn von Vater kenn.

Prost! Denkt auch ihr daran, wenns Vollmond ist und ganz windstill, und schreckt nicht gleich hoch, wenns mitternachts klopft.

Ihr dürft nicht denken, ich hätt geträumt. In der einen Ecke, sagt mir Hilde am nächsten Morgen, riechts furchtbar, wie nach Priem. Und das geht und geht nicht weg, sondern stinkt so weiter. Stinken hält eben auch ewig.

DIE ZEHNTE PUNSCHGESCHICHTE

Setz den Punschkessel an – Silvesterabend beginnt!

Der Sturm hat die Wolken fortgerissen. Das Gammelhus liegt im grauen Licht des Vollmonds, und die Spinnennetze zwischen Reetdachkante und Kiefern blitzen silbern.

Hilde räumt den Apfelkuchen fort und gießt den ersten Punsch ein. Schon lärmts draußen: Rummelpott.

Letztes Jahr waren die Nachbarskinder die Besten. Die haben nämlich viel vom alten Hansen auf Bevertoftwarf gelernt: über den Tonkrug ein Fell straff gespannt und Reet aus dem Graben quer darüber oder ein Schilfrohr mitten durchgesteckt. Und dann mit dem nassen Daumen und dem Zeigefinger über den Pott gerummelt.

Die Verse haben sie von ihrem Vater, und der hat sie von seinem. Nur den alten Prielhafen hinterm Gammelhus haben sie inzwischen zugeschüttet, und kaum einer aus dem Dorf fährt noch zur See.

Fru, mak de Dör up,
de Rummelpott will in ...
Dor kommt en Schipp ut Holland,
dat hett en goden Wind.
Schipper de mutt reisen.
Stuermann wullt wi preisen.
Sett de Segel op in Topp
un giff uns wat in Rummelpott!
Rumm, rumm, rumm ...

Hilde stößt die Klöntür oben auf, und die drei Seeräuber von nebenan starren sie an: der Einäugige, das Holzbein und der Stumpfarm mit dem Eisenhaken. Denen kann man leicht ansehn, dass sie mit Äpfeln und Nüssen allein nicht zufrieden sind.

Später kommen die Großen. Die rummeln nicht und singen nicht und wollen vor allem den Rotweinpunsch für die Großen. Hilde hat schon den dritten Wasserkessel angesetzt, und ich muss immer abschmecken, ob der Punsch steif genug ist. Jedes Jahr kommt auch der alte Hansen vorbei und ist ein Nachtwächter mit dem Filzhut tief im Gesicht. Die Laterne hat er immer schon abgestellt, damit er die Punschtasse besser zu fassen kriegt. Wehe, Hilde blamiert sich mit dem Punsch!

Dann kommen zwei und spielen mit der Flöte und der Harmonika zum Tanz – aber nur oben unterm Dach stampft jemand hin und her.

Die Letzten haben es eilig, halten nur den Hut hin und murmeln den alten Spruch:

> Lat uns nich to lange stahn,
> denn wi möt noch wiedergahn.

Die kriegen zwar was in den Hut, aber den Punsch trink ich dann selber und allein. Denn mit dem Verkleiden und mit dem Rummeln zu Silvester ist das so eine Sache:

Man muss Lust haben, mit sich selbst und mit anderen Versteck zu spielen, und man muss sich verwandeln können. Aber das können viele gar nicht: Sie sind immer nur sie selbst.

Rumm – rumm. Jagt das alte Jahr fort, fangt ein neues an! Und setzt eure Träume und eure Verwandlungen an den Anfang. Wer das nicht kann, für den wird das neue Jahr wie das alte. Wer nicht vorausträumen kann, bleibt in den Zwängen des Tages gefangen.

Prost: auf eure Träume!

So lange wir träumen und uns verwandeln können, sind wir nicht alt. Und so lange ist Hoffnung.

DIE ELFTE PUNSCHGESCHICHTE

Ich weiß nicht, wer die Sache mit den ganz kleinen grünen Männern erfunden hat, die angeblich mit ihren Ufos unsre Erde besuchen.

Aber ich kann beschwören, dass das meiste davon falsch ist; denn ich hab selbst so einen gesehn und mit ihm gesprochen.

Letztes Jahr Weihnachten, als ich beim Punsch saß, steht einer draußen unterm Reetdach und guckt durch die Scheiben zu mir in die Stube. Nun war ich sowieso froh, dass einer kam, wegen der Einsamkeit und so. Er also rein und sieht ganz aus wie unsereiner – von wegen klein und grün! Nur die Schuhe so Größe 49 und den Hals ziemlich schief und die Nase knollig und rot in einem vollbärtigen Runzelgesicht.

Das macht die Kälte draußen im Universum, hat er mir später gesagt, als wir uns beim Punsch aufwärmten; das heißt: er. Ich war nämlich schon ganz schön warm vom Trinken bis Mitternacht. Er hat aber fix aufgeholt: Bei ihm zu Hause trinken alle schnell und viel, sagt er.

Und er hat mir erzählt von daheim. Fünf Jahre war er schon unterwegs, und er wollte jetzt mal mit jemand drüber reden, und wenns auch nur ein Mensch wär.

Warum ich so allein sitz zu Weihnachten, fragt er, und ich erzähl ihm, dass Hilde zur Tochter verreist

ist. Er meint aber nur, sie hätten daheim sowieso immer gleich drei Frauen, dann wär sowas nicht so schlimm wie bei uns. Da wollt ich natürlich gleich mehr von wissen, und wir haben erst mal neues Punschwasser aufgesetzt. Dann erzählt er aber nichts Besonderes: Was Verkehr ist, wusste er gar nicht. Sie machen alles in der Retorte, wegen der Hygiene, sagt er, und wir Menschen hätten gar keine Zuchtwahl und wärn überhaupt hundert Jahr hinterher. Arbeiten tun sie nur bis mittags. Das hat mir sehr gefallen, denn dann ist Freizeit. Und davon, sagt er, gibts bei ihnen fünf Arten, damit jeder weiß, was er gerne wollen will. Kinder bekommen sie viele zugeteilt, aber die werden bis abends in die Schule geschickt, damit sie nicht so viel stören. Und in den Ferien bleiben sie ganz in der Schule. Drum brauchen sie auch jeden Zweiten als Lehrer; nur die Gescheitesten dürfen was anderes werden.

Die eine Tochter von ihm, sagt er, ist Freizeitverwalter im Freizeitpark. Da graben die einen bei Beatmusik den Acker um, und die andern dürfen zugucken und lachen sich kaputt, wie die schwitzen. Ab und zu wird gewechselt, damit alle sich freuen können.

Und frei sind sie alle. Kriege gibts nicht. Wenn große Not ist, wird einfach gelost, und jeder Hundertste geht in die Gefangenschaftsarbeit. Das ist gerecht, sagt er. Überhaupt ist alles geregelt, und alle halten sich dran – nicht wie bei uns in den Schulen oder gar bei den Demonstrationen!

Ich frag ihn noch, wie das mit Weihnachten ist. Aber er sagt mir, sie brauchen keinen Jesus, weil niemand was falsch machen kann. Drum können sie auch keine Sünden machen, sagt er, und brauchen daher keine Kirche und kein Weihnachten. Und Schenken müssen sie auch nichts, weil jeder genau das zugeteilt bekommt, was er braucht. Aber dabei schielt er immerzu nach dem letzten Punsch. Denn sie bekommen nur Pillen morgens und mittags und abends, nicht wie bei uns mit dem vielen Essen und Tellerabwaschen, und sie trinken viel, aber nur gefiltertes Wasser. Und dabei schielt er wieder nach dem Punschrest. Den hab ich ihm dann noch eingeschenkt. Ich bin sowieso gleich im Sessel eingeschlafen und hab alles Mögliche geträumt, was Fortschritt für eine gute Sache ist und wie wir hier hinterher sind. Trotzdem gefällts mir hier besser, weil die keinen Punsch haben.

Morgens war er weg. Meine Taschenuhr auch, die hatte er mitgenommen. Ich denk mir, weil er sich so schwer an unsre Zeit gewöhnen kann.

Am Abend hatte ich ihn noch gefragt, wie er heißt. Da guckt er mich nur traurig an und sagt PROST. Und nächstes Jahr beim Punsch wäre er bestimmt wieder da und würd mir noch viel vom Fortschritt erklären.

DIE ZWÖLFTE PUNSCHGESCHICHTE

Solange ich zurückdenken kann: Sie saß immer, klein und etwas zerknittert, aber stets mit sehr wachen Augen in der Sofaecke, direkt unter dem Ölbild ihres Großvaters, des Kapitäns. Jetzt, zu ihrem 102. Geburtstag, ist viel Trubel im Haus. Der Bürgermeister war schon da und der Landrat und der Pastor, und alle brachten bloß wunderschöne Urkunden mit („früher hat es dazu Geld gegeben“ – nur sehr Alte und sehr Junge dürfen aussprechen, was sie denken). Und alle wollten von ihr wissen, wie man es anstellen kann, so alt zu werden und dabei noch so rüstig in den Beinen und vor allem im Kopf. Uroma Elsa antwortet immer nur: Weil ich so vernünftig gelebt hab … Und sie verrät nicht, was sie darunter versteht. Aber wir wissen es auch so: Sie hat in ihrem ganzen Leben nie auf der faulen Haut gelegen und sich nie unterkriegen lassen, auch nicht im Krieg, aus dem Großvater nicht wiederkam, auch nicht nach dem Krieg, als wir alle hungern mussten. Sie hat stets voller Zuversicht nach vorn geschaut. Aber ich kenne auch ihr Geheimnis: den Teepunsch. Den trinkt sie nämlich jeden Abend vor dem Zubettgehen und manchmal auch zwei. Von dem Tee kann sie gut einschlafen und von dem Anisschnaps gut von ihrer Jugend träumen.

Denn von ihrem Urgroßvater, und das ist ja nun schon fast zwei Jahrhunderte her, hat sie ihr Geheimrezept. Der ist nämlich als Kapitän um die ganze Welt gesegelt und hat vor allem Rum nach Flensburg gebracht – und grünen Tee zu uns nach

Haus. Er trank nur Teepunsch aus grünem Tee, und den nur mit Anisschnaps und mit zwei Spritzern Zitrone. Ihr könnt das ja mal ausprobieren: Es schmeckt so richtig schön bittersüß, und schon als Kind hab ich davon geträumt, dass ich auch bald zu den Großen gehöre, die in der Sofaecke unter dem Kapitänsbild sitzen und grünen Teepunsch trinken dürfen. Denn der hält uns in Schwung und macht, dass wir steinalt werden und doch rüstig bleiben, wenn man jeden Abend davon trinkt, aber nicht mehr als drei oder höchstens zwei, wenn man schon über 100 ist. (Ihr braucht so ein Geheimnis aber nicht gleich allen weiterzuerzählen, sonst werden zu viele Leute steinalt.)

Heute, zum Geburtstag, werden es für Uroma aber am Ende viel mehr als zwei Teepunschs gewesen sein; denn sie muss ja alle Gratulanten freundlich begrüßen und mit ihnen anstoßen, sonst denken die am Ende , sie hält schon nichts mehr aus. Aber sie ist doch froh, als es draußen dunkel wird und wir alle noch eine Weile am Tisch zusammensitzen und zum Bild ihres Urgroßvaters, des Kapitäns, hinaufschauen. Der hat von seinen Reisen viele wertvolle Andenken mitgebracht, und die sind alle im Pesel ausgestellt. Die große Standuhr rechts neben der Tür erinnert jede volle Stunde mit einem feinen silbernen Ton daran, wie schnell auch unsere Lebenszeit vergeht. Im Regal direkt unter dem Kapitän sind dessen sechs chinesische Teedosen aufgereiht, früher und heute jede mit einer anderen Sorte gefüllt; und Uroma überlegt genau, welche sie trinken will – sie hat heute „China spring tea" gewählt, weil jetzt, im 103. Lebensjahr, für sie wieder ein neuer Frühling beginnt.

DIE DREIZEHNTE PUNSCHGESCHICHTE

Jeden zweiten Donnerstag lädt Hilde die Frauen zum Punsch-Nachmittag ein, und jede kann kommen, die Lust hat. Am Anfang steht der Kaffee-Punsch, den ihr als „Pharisäer" kennt. Dazu werden Kuchen- und Tortenstücke nacheinander herumgereicht. Man darf keins ablehnen und muss eben anschließend zwei Fastentage in Kauf nehmen.

Ich sitze in der Nachbarstube am Schreibtisch meines Urgroßvaters und höre zu, wie es drüben nach und nach immer lauter wird. Denn jetzt hat der Punschnachmittag erst richtig begonnen, und jede stellt sich ihren eigenen Punsch zusammen. So richtig verstehen kann ich freilich nicht, worüber drüben gesprochen wird. Denn wie bei den Punschsorten geht es bei uns auch in der Sprache ziemlich durcheinander. Bente, das ist die Lehrerin aus der dänischen Schule im Dorf, mischt auf eine lustige Weise Hochdänisch, Kartoffeldänisch und Deutsch durcheinander. Alma Lauridsen, die Frau des Bürgermeisters, bleibt meist beim Friesischen ihrer Vorfahren und übersetzt ab und zu mitleidig für die anderen, die das meist nicht verstehen. Sie hat aber durchgesetzt, dass in unserer Schule wieder Friesischunterricht erteilt wird. Wiebke, die junge Frau unseres neuen Pastors, trinkt diesmal nur eine Punschteemischung mit Traubensaft und zeigt allen unter ihrer strammen Jeans-Latzhose auch, warum. Meine Hilde hat als ganz junges Mädchen Plattdeutsch gesprochen, aber nun schon lange nicht mehr, sondern dafür ein sehr eigenes Friesenhochdeutsch.

ME2000

Wie es alle anstellen, so munter durcheinander zu reden und sich trotzdem gut zu verstehen, wundert mich immer wieder. Sicher hilft der Punsch dabei mit. Denn nach dem fünften Punsch wird es meist noch lustiger als vorher und so laut, dass ich gut verstehen kann, wenn sie anfangen, Döntjes zu erzählen. Ewalds Frau regt gerade die Lehrerin auf, als sie frotzelt, in dem Grütztopf aus dem friesischen Wappen (ihr wisst schon, die Frauen haben ihn früher einmal auf die dänischen Angreifer geworfen, als die friesischen Männer vor Angst davonlaufen wollten) ist in Wahrheit Rote Grütze mit Sahne gewesen. Die hat dann rot und weiß in den Gesichtern der Dänen geklebt, so wie heute noch bei manchen dänischen Fußballfans. Bente entgegnet darauf etwas spitz, es hat schon seinen Grund, warum im friesischen Wappen nur ein zerhackter Adler zu sehen ist. Und wenn schon dein Mann „Lewer duad üs Slaaw" an die Heckscheibe seines Autos kleben will, dann wenigstens nicht mit dem Abzeichen seiner Rechtsschutzversicherung gleich daneben.

Bei so viel Klönschnack lachen alle wieder miteinander. Denn Friesen – und besonders Friesinnen – sind fast immer liberale Leute und lassen andere, manchmal freilich erst nach einigem Streit, so leben, wie jeder es möchte.

Bentes Familie stammt aus Friedrichstadt. Dort lebten seit dem 17. Jahrhundert die Remonstrantisch-Reformierten, holländische Glaubensflüchtlinge, mit den deutschen und den dänischen Evangelischen, den Katholiken, den Mennoniten und früher auch den Quäkern (und mit den altkatholischen Janseniten auf Nordstrand) friedlich zusammen und tranken immer gemeinsam ihren Teepunsch.

Friesland macht eben frei, auch die Gedanken.

Wiebke hat bis jetzt nur still zugehört. Das ist aber nicht die ganze Wahrheit, mahnt sie nun, wir dürfen die Gräber aus den vielen Kriegen nicht vergessen und auch nicht, was im letzten Jahrhundert bei uns mit der Synagoge und mit den Friesen jüdischen Glaubens passiert ist.

Drüben trinken jetzt alle still ihren Punsch. Es ist schon so: Wer selbst zu eng denkt und nur stumpf fühlt, kann andere nur schwer verstehen. Toleranz muss von Jugend an gelernt werden.

Hildes Punschnachmittage sind schon eine gute Sache.

DIE VIERZEHNTE PUNSCHGESCHICHTE

Kaffeepunsch trinke ich immer dann, wenn ich bis mitternachts an meinem Computer sitze, um mit ganz fernen Freunden, bei denen es jetzt vielleicht gerade erst Mittag ist, über Gott und die Welt zu klönen. (Darum nennt Hilde, die inzwischen längst schlafen gegangen ist, meinen Rechner auch verächtlich nur Klönkiste.) Ganz starken und ganz süßen Kaffee brauche ich, um so lange munter zu bleiben, und den Köm mische ich hinein, um meine Sinne zu schärfen. Denn es ist eine ganz tolle Sache, in meinem sehr einsamen Gammelhus zu sitzen und doch überhaupt nicht allein zu sein.

Trotzdem bin ich ganz schön hochgeschreckt, wie er auf einmal durch das offene Fenster hereinblickte, den Kopf der niedrigen Reetdachkante wegen etwas eingezogen, sodass ich zuerst nur einen riesigen, aber sehr gepflegten Schnurrbart sah. Was ich da auf dem Kasten herumklappere, fragt er mich, und er heißt Jan, sagt er dann noch. Mit meiner Erklärung kann er aber nicht viel anfangen, weil er sowas noch nie vorher gesehen hat. Ich versuch es also einfacher und zeig ihm die Tasten, mit denen man Buchstaben auf den Bildschirm zaubern kann. „Auch Zahlen?“, fragt er mich sofort. Meine Rechenbeispiele imponieren ihm aber gar nicht. Ich soll ihm doch mal so was ausrechnen, was man bei uns in Friesland jeden Tag braucht:

Was kosten 5 Ballen und 6 Ries und 5 Buch Papier, wenn 1 Ries 3 Mark Lübsch und 7 Groschen kostet?

Ich muss ihn ziemlich hilflos angeguckt haben, denn er hilft mir weiter:

Der Ballen Papier hat ja 10 Ries, und ein Ries sind ja 20 Buch. Eine Mark Lübsch, das musst du doch wirklich wissen, sind 16 Schilling oder auch Groschen, und ein Groschen hat 12 Pfennig. Dein Kasten kann das nicht? So was mache ich aber im Kopf... Er rechnet eine Weile und sagt dann ziemlich lässig: 193 Mark Lübsch, 5 Schilling oder Groschen und 9 Pfennig – und deinen Kasten kannst du einpacken!

Ich wollt ihm noch sagen, dass wir doch schon längst nur noch Euro haben und Kilometer und Kilogramm – aber er guckte nur verächtlich, und schon war er weg. Hab ich alles nur geträumt und vielleicht zu viel Köm in meinen Kaffee gegossen? Aber am Morgen lag doch in meinem Bücherregal ein 200 Jahre altes „Einschreibbuch", das ich dort vorher noch nie gesehen hatte! Ein Johann Friedrich Harsdorf hatte darin alle Aufgaben seines Rechenbuchs gelöst und seine Rechnungen aufgeschrieben. Nach seiner Jahresangabe musste er gerade 13 Jahre alt gewesen sein! Ich frage mich, warum gerade Friesland so gute Rechner und Rechenmeister hervorgebracht hat: Weil es so viele verschiedene Maße und Gewichte und Geldsorten so eng nebeneinander gab? Weil Landvermesser und Kartographen hier so besonders wichtig waren? Weil für die friesischen Kapitäne Navigation eine Sache des Überlebens war? Ihr könnt den Rechenmeister Kühl in Tremsbüttel mal danach fragen; der kann euch alles ganz genau erklären.

Jedenfalls sitze ich jetzt immer besonders gespannt in meinem alten Haus vor dem Computer, vor allem nach Mitternacht, wenn alle Geister Ausgang haben. Ihr werdet schon gemerkt haben, dass ich kein guter Mathematiker bin. Aber vielleicht steht einmal Theodor Mommsen im offenen Fenster, der so viel über die Vergangenheit geforscht hat, oder Uwe Jens Lornsen, der für die Freiheit der Menschen hier bei uns gekämpft hat. Mit denen könnte ich mich bestimmt gut über das alte Friesland unterhalten, von dem meine Freunde im Internet immer so viel wissen wollen.

Einen „Punschnachmittag“ wie Hilde brauche ich jedenfalls nicht – zu mir in meine Einsamkeit kommen die Freunde und auch manchmal Fremdlinge aus der Weite der Welt und auch aus der Weite der Zeit. (Etwas spinnig bist du schon, sagt Hilde nur dazu.) Von jetzt an gieß ich mir aber viel mehr Köm in den Kaffee als früher.

DIE FÜNFZEHNTE PUNSCHGESCHICHTE

Du musst dir genau überlegen, w e n du abends zusammen zum Punsch einlädst. Wenn deine Gäste nämlich nicht zusammenpassen, wird der Abend schlimm. Wer nicht selbst klönen kann, muss wenigstens gut zuhören können – und lachen können müssen sie alle, sonst kommen sie mir nicht in die Stube.

Du musst vor allem aufpassen, w o r ü b e r deine Gäste lachen und auch, w i e sie es tun.

Beim Teepunsch kannst du das am besten kennen lernen.

Einer hat hundert Witze auf Lager und lacht über alle selbst am meisten. Manche erzählt er, wenn er ausgelacht hat, gleich noch mal, zur Sicherheit.

Einer lacht am liebsten, wenn er davon erzählen darf, wie andere sich blamiert haben.

Ganz selten ist einer dabei, der auch über sich selbst lachen kann. Das wird dann meist ein guter Abend.

Unter den Nichtlachern gibts manchen, der das Lachen nur nicht gelernt hat: Den darfst du ruhig mit einladen. Meist ist er nämlich nur mit sich und der Welt nicht fertig geworden, hat sich alles genau gemerkt, was ihm schief gegangen ist und fragt immer gleich nach, wenn er was erzählt hat: Hab ich nicht Recht? Neulich haben wir so einen am späten

Abend doch bis zum ersten Schmunzeln gebracht ... Aber du musst aufpassen, dass die nicht zu viel Köm trinken; denn dann wirst du sie gar nicht mehr los, weil sie plötzlich zu viel reden wollen. Man weiß aber wenigstens immer genau, woran man ist mit ihnen.

Bei den Witzbolden weißt du das nämlich nie. Unser Nachbar Fischer ist so einer: Er unterhält uns alle und kennt zu jedem Stichwort sofort den passenden Witz. Ich lade ihn aber trotzdem nicht gern ein; denn er lacht mir zu dröhnend.

Wichtig ist auch, w i e einer lacht.

Da gibt es die Schmunzler, die Kehlkopflacher und die Brust- und Bauchlacher.

Zu den Schmunzlern gehören die Neunmalgescheiten, wie unser neuer Lehrer mit seiner Spiegelglatze. Der bremst sich sofort, wenn Gefühle kommen wollen, und schmunzelt dann nur. Er hat Angst vor zu viel Herz und trinkt seinen Friesentee auch stets ohne Köm.

Aber unter den Schmunzlern gibt es es auch viele, mit denen ich mich verstehe, weil sie nicht so viel zerreden.

Die Kehlkopflacher sind mir nämlich oft zu anstrengend; und weil sie bald heiser werden, trinken sie auch oft zu viel. Manchmal klingt mir auch ihr Lachton nicht echt, vor allem nicht, wenn sie zu den Stoßlachern gehören. Die holen die Atemluft nämlich ruckweise nach oben und meckern dann oft wie eine Ziege.

Die Brust- und Bauchlacher lern ich kaum richtig kennen, weil sie ganz selten Teepunsch trinken, sondern lieber Bier. Unter ihnen gibt es welche, die ich mag, weil sie ganz unbekümmert aus dem Bauch lachen. Aber die dicken Bierbäuche gehen mir auf die Nerven, weil sie meist nur grölen können und nicht lachen.

Denn Lachen hängt mit der Heiterkeit der Seele zusammen. Und Teepunsch-Leute verstehen sich gut darauf.

Edvard, mein Freund von Mandö, hat neulich weit hinten im Winkel mit den Augen gezwinkert, als ich ihn in meinem besten Dänisch was fragte. Ich hab ihm gleich Teepunsch nachgeschenkt und ihn vorsichtig ausgehorcht, ob er etwa über mich und mein Dänisch gelacht hat.

„Nur ganz weit innen", hat er drauf gesagt.

Edvard ist eben ein guter Freund, und ich trink am liebsten mit Leuten, die ganz innen lachen können.

Prost.

DIE SECHZEHNTE PUNSCHGESCHICHTE

Novembernebel. Der Weg zum Nachbarn wird lang, und die Planken über den Sielgraben sind glitschig. Das Reetdach ist weich und bröslig und vollgesogen wie ein Moosschwamm.

Wenn du nicht schon einsam warst, bist du's jetzt. Zeit für Teepunsch.

Der erste Punsch macht warm.

Nimm nur kleine Schlucke, und du spürst, wie sie den Hals runterrinnen und über die Magenwände. Jetzt kannst du viel besser in das Grau starren.

Der zweite Punsch macht Mut.

Am besten in die Öljacke rein und in die Gummistiefel und einmal um dein altes Haus herum. Das ist jetzt eine leuchtende Hallig im Nebelmeer, nur in den dürren Zweigen der Büsche hocken die Geister und schneiden Fratzen.

Dich wird jetzt keiner von denen finden, die du nicht leiden magst.

Alleinsein ist Glück, wenn man Mut dazu hat.

Der dritte Punsch macht dich frei.

Manche verspannten Glieder werden locker, manche weichlichen dagegen richtig straff und steif. Und mit den Gedanken gehts ebenso. November-

ME 2000

nebel am Meer macht frei. Es ist gut, „sich einmal in einer anderen Gewalt zu fühlen als in der unserer kleinen regierungslustigen Mitkreaturen“ (so stehts in dem alten Halligbuch).

Beim vierten Punsch klopfen deine Freunde an.

Trink nur kleine Schlucke. Du hast nämlich viele Freunde, auch in der großen alten Stadt. Sie sind jetzt alle bei dir, wenn der Nebel am dichtesten ist.

Der fünfte Punsch löst die Fesseln der Träume.

Du kannst durch alle Nebel sehen: Der Nachbar liegt bei seiner jungen Frau und kommt nicht zum Träumen. In der Stadt dauert die ganz wichtige Konferenz noch immer: Nebel und Träume müssen vor der Tür warten! Im Land hinter den Bergen hören die Nebel auf – aber auch die Träume.

Man kann weit sehen im Novembernebel, weil man mit dem Herzen sieht.

Trink keinen sechsten Punsch!

Der verdirbt nämlich alles, macht müde und stumpf.

Du hast ja Zeit: Auch morgen noch ist Novembernebel.

DIE SIEBZEHNTE PUNSCHGESCHICHTE

Regen peitscht gegen das Fenster, und ich muss immer wieder die Scheiben wischen, um besser beobachten zu können. Sturmböen treiben die Wellen gegen die Steinkante des Strandes, und schmale Zungen aus Gischt lecken schon zu uns herüber. Jäh reißt der Nordwest die Wolken auseinander und zerrt am Reetdach des Hauses auf der Warft. Gelbrot flammen die sich überschlagenden Wellenberge bis zum Horizont hin auf, wo die Sonne glühend im Meer versinkt: am unteren Rand dunkelrot, am oberen eher grünblau und die Sonnenscheibe verzerrt in die Breite gezogen. Keine Zeit für Fotos; denn Orange, Rot und auch Silber sind schnell von Sturmwolken ausgelöscht worden. Nur ganz kurz zucken noch Lichtblitze des Amrumer Leuchtturms über den Kniepsand zu uns her, werden ebenso schnell von sich auftürmenden Wolken verdeckt, die vom Sturm zu gespenstischen Formen aufgerissen werden: Die Sylter Riesen drohen zu uns herüber, und draußen vor dem Haus reitet der wilde Jäger auf seinem weißen Ross vorbei und jagt mit seinen keuchenden und heulenden Hunden die Unterirdischen in die Gräben und Gruben zurück.

Die Finsternis hat jetzt das letzte Licht verschluckt, ganz plötzlich schläft der Wind ein, und es wird unheimlich still. Nur noch ganz von fern hört man Grollen und Rauschen. Nach dem Flutkalender ist der Höchststand des Wassers inzwischen vorbei; es wird wohl kein Landunter geben, und ich kann mich wieder hinauswagen.

Wie ich aber die Klöntür öffne und mein Fahrrad hinausschiebe, bricht der Sturm mit einem harten Stoß wieder auf, und ich sitze erst einmal im nassen Gras. Umso toller ist dann die Fahrt auf dem schmalen, aber gut asphaltierten Weg nach Süden: Mein gelber Friesennerz wird vom Rückenwind aufgebläht; ich nehme die Füße von den Pedalen und lasse mich schnell, immer schneller und unbekümmert in das dunkle Loch vor mir hineintreiben. Großvater hat mir, als ich klein war, immer von der schwarzen Schule erzählt, mit dem Teufel als Lehrer. Und unheimlich ist die Schulwarft zur Linken heute schon, so ganz ohne jedes Licht und fast verschluckt von niedrig treibenden Nieselwolken. Sind es nur Pfähle an den Wassergräben? Oder grinsen mich Fratzen gespenstisch an?

Doch ehe ich mich versehe, bin ich schon am Ziel. Die Teestube, die junge Leute in dem Utlandfriesenhaus eingerichtet haben, ist bei solchem Wetter ziemlich leer, aber gerade deshalb fühle ich mich wohl, wenn ich für mich allein sitze und über das offene Gebälk zum Reetdach hinaufsehe, das leicht hin- und herschaukelt. Mein Stammplatz ist auf dem alten Sofa, direkt gegenüber dem Bilegger-Ofen, über dem Ditten aufgeschichtet sind, die Briketts aus getrocknetem Schaf- und Kuhmist. In den fünf oder sieben halbkugeligen Vertiefungen einer Pfanne, wie sie daneben hängt, hat schon Großmutter zu Weihnachten immer Förtchen gebacken; nach der Überlieferung sollten wir sie Frigg, Odins Gattin, in einer dunklen Nacht als kleine Opferbrote hinausbringen, aber wir haben sie als Kinder lieber selbst aufgegessen. Ich kann mich auch noch gut daran erinnern, wie Großmutter so einen Stulp wie hier in der Teestube, eine reich verzierte Messingglocke, über die Schüssel gestülpt hat, um das Essen warm zu halten.

Am meisten aber freut mich doch an der Teestube, dass sie 41 Teemischungen anbietet. Da musst du nämlich sehr gründliche wissenschaftliche Geschmacksstudien anstellen, bis du den besten Teepunsch herausgefunden hast. Anschließend musst du wieder von vorn anfangen und statt geelen Köm aus Kümmel mal Anisschnaps oder Rum probieren und statt braunen auch mal weißen Kandiszucker. Das alles dauert natürlich Wochen, denn du darfst ja nie mehr als fünf Punschs am Abend studieren, sonst kannst du nämlich bald nicht mehr wissenschaftlich genug vorgehen. Und auf gar keinen Fall darfst du dich auf die alten friesischen Branntweingetränke mit Sirup und hineingebrockten Kringelstücken oder mit aufgeweichten Rosinen einlassen: Die machen schnell dumm und sind nur für friesische Trunkenbolde oder für neugierige Touristen. Nicht alles, was alt ist, ist auch gut. Darum gehen in der Teestube die jungen Wirte auch in Jeans, und später am Abend gibt es dort immer einen wirklich guten Oldtime-Jazz.

Ihr könnt euch denken, in welcher heiteren Stimmung ich bin, wie ich spät am Abend meine Studien beende und die Heimfahrt antrete. An Fahrt ist aber nicht zu denken: Orkanböen reißen mich gleich vom Rad, und nur Schritt vor Schritt kann ich mich in Nordrichtung zurückkämpfen, die Brille blind, die Mütze weggeweht, das Hemd bald pitschnass von dem Wasser, das über Hals und Rücken bis zu den Kniekehlen hinunterläuft. Aus dem Nichts vor mir packt eine harte Faust den Lenker meines Rades, das ich gegen den Sturm voranzuschieben suche, und reißt es nach rechts und dann wieder plötzlich scharf nach links, wo der Grabenrand sein muss. Laufen die Gräben etwa schon über? Weit den Oberkörper vornüber gebeugt, mich langsam anstemmend, komme ich meterweise voran. Statt der sieben Minuten herzu eine ganze Stunde zurück und mit den Kräften bald ziemlich fertig. Schließlich bin nicht mehr der Jüngste.

Unsere Altvorderen haben noch von den drohenden Ungeheuern gewusst, den ungeheuren Bedrohungen, denen wir Menschen gegenüberstehen und oft ausgeliefert sind. Die Menschen heute verdrängen solche Erfahrungen oft: Unsere Teestuben sind nur kleine Inseln im Meer der Vergänglichkeit.

Gerade deshalb aber: Prost!

DIE ACHTZEHNTE PUNSCHGESCHICHTE

Weihnachtsmarkt in unserer kleinen Stadt: Insel von Licht vor alten Giebelhäusern. Kindheitserinnerungen ... Aber nach Adventszeit ist mir heute gar nicht zumute, gar zu eisig pfeift der Nordwind durch die Gassen; meine Kinnlade friert schon langsam fest. Aber es gibt ja schließlich noch den Weihnachtspunsch! An der Theke der Bude („Pharisäer – Tote Tante – Punsch“) gleich neben dem Kirchentor von St. Marien bin ich nicht der einzige Vermummte. Irgendwie bekannt kommt mir mein Nachbar zur Linken schon vor, der aus dem Dunkel des Kirchhofs zu uns getreten ist, den langen roten Schal so über den grauen Bart gezogen, dass man sein Gesicht nicht erkennt ...

Der Weinpunsch scheint ihm aber nicht stark und auch nicht süß genug zu sein: Er rührt noch einen ziemlich großen Schuss Arrak und viel Kandiszucker hinein. Na, na! So haben ganz früher manche den Punsch getrunken – ein Glas tut sicher auch gut, besonders heute: aber fünf würden ihm bestimmt die Beine wegziehen!

Von der Bierbude auf der anderen Seite grölen junge Burschen zu uns herüber. Jedes Jahr mehr ärgere ich mich über sie – zu ihnen passt auch die quälende Musikberieselung in ihrer Marktecke. Doch ein klarer und nüchterner Kopf gehört nach Friesland ebenso wie der weite Horizont. Punsch wärmt das Herz, lähmt aber nicht den Verstand.

Mein Nachbar hebt sein Glas zu uns her, schwenkt es in einem Halbrund zu den Giebeln der alten Häuser am Markt: „Weihnachten ist vor der Tür, und wir trinken im Weihnachtspunsch das Wohlsein aller fernen Freunde!“ – und schon hat ihn die Dunkelheit wieder verschluckt.

Klingt nach einem alten Advokaten, denke ich bei mir. Aber Recht hat er schon: Punschtrinken bringt uns näher zu unseren Freunden; die Trunken- und Raufbolde von da drüben aber wollen gerade vergessen, wo, wie und mit wem sie leben, denken nur an den Augenblick und nur an sich selbst. Gibt es von ihnen heute mehr als früher und künftig vielleicht noch mehr?

Keine Zeit zum Nachdenken: Die Kirchentür von St. Marien wird aufgestoßen, das Weihnachtskonzert der Musikschüler ist zu Ende. Unter den letzten Orgelklängen quillt nun ein Menschenstrom heraus: Mädchen und Jungen der Chöre mit ihren Eltern und Großeltern und Freunden. „Frisia non cantat ...“ – von wegen! Du musst nur gut zuhören; vor allem aber schaue in die Gesichter dieser jungen Menschen. Sie geben dir Antwort auf deine Fragen.

Ganz plötzlich ist der Weihnachtsmarkt voller Leben; vor den Buden mit den Lebkuchenkerzen, den Holzschnitzereien, ja sogar vor dem Kinderkarussell drängen sich Alte und Junge. An der Punschbude müssen wir jetzt enger zusammenrücken. Eigentlich bin ich mehr für Teepunsch, aber so ein steifer Weinpunsch auf dem Weihnachtsmarkt kann dich an einem solchen Eistag doch richtig durchwärmen – auch deine Gefühle.

DIE NEUNZEHNTE PUNSCHGESCHICHTE

Die komischen altmodischen Schnallenschuhe fielen mir zuerst auf, als er da ganz plötzlich vor dem Gammelhus auf dem großen Stein zwischen den Kiefernstämmen saß. Und dann die Haare, die nach allen Seiten mit weiten Lockensträhnen steif abstanden. Aber erst, als er mich ziemlich grämlich ansah, während die dünnen, knochigen Hände auf seiner Kniehose lagen, wusste ich plötzlich, dass das Kome war, den mein Vater mir genauso beschrieben hatte. Nur ganz wenige Menschen haben ihn je zu Gesicht bekommen. Drum habe ich ihn zeichnen lassen, damit ihr gleich wisst, woran ihr seid, wenn er euch einmal erscheint.

Aber mit mir hat er Teepunsch getrunken! Und ich hab mit dem Schicksalsmännchen auf du und du gestanden – oder vielmehr gesessen, denn wir haben bald neuen Teepunsch, besonders kräftigen, ansetzen müssen. Wie er so dasaß, war Kome nicht alt und nicht jung, aber sehr schweigsam. Und du darfst ihn nicht fragen, sondern musst warten, ob er selbst erzählen will oder nicht.

Denn Kome weiss nicht nur, was gestern hier war im Haus und im Dorf, sondern auch, wies weitergeht. Vor Aufregung hab ich sicher zu viel Köm genommen und bring jetzt vielleicht manches durcheinander, wenn ich zurückdenk.

Jedenfalls hat er vom Schuster Kleipstieß erzählt, der als Flüchtling kam mit seinen sechs Kindern und auf der Bank dort die Schuhe besohlte. Und

ME2000

der Fischer Feddersen hatte den Kahn draußen im Prielhafen liegen, vorm Gammelhus, wo jetzt der Sielzug stinkt und längst kein Aal mehr lebendig ist. So einer wie Kome kennt die Menschen genau; drum hat er auch so viel Angst, wenn er von ferne zusehn muss, wie die sich alles verderben. Wenn ich mich an seine klugen Augen erinnre in dem versorgten Gesicht, dann versteh ich gut: je dümmer, desto tiefer der Schlaf.

Kome zieht an seinem Finger, dass die Gelenke knacken: Die Mächtigen, meint er, sehen zwar, was getan werden muss, brauchen aber all ihren Verstand und all ihre Kraft allein dazu, mächtig zu bleiben.

Die andern fühlen viel besser noch als sie, was Not tut, kennen aber auch ihre eigene Ohnmacht.

Kome sieht auf einmal ziemlich alt aus, als er die Punschtasse hebt und sich noch einen Schuss Köm nachgießt.

Schreib das ruhig auf, sagt er dann zu mir, man kann dem Schicksal gegenüber auf ganz verschiedene Weise dumm sein:

Die einen trinken vor Angst ganz wässrigen Punsch und verschenken vor Angst um ihr Leben ihr Leben. Die andern fülln sich den Köm pur ein, und die Trunkenheit macht ihren Geist blind.

Manche trinken drum nur Friesentee, bleiben ganz vernünftig – aber ohne Liebe, ohne Schwung, ohne Zuversicht. Schreib das auch auf, meint Kome noch: Man muss kritisch zurückblicken, aber auch nach vorn denken und nach vorn träumen können. Wer aber dumm ist, der kann das nicht. Darum sind die Dummen noch gefährlicher als die Bösen.

Aber dann hab ichs doch nicht mehr ausgehalten und ihn gradzu gefragt, wie denn das nun weitergehn wird mit uns, wo wir doch so viel Angst vor der Zukunft haben wie er. Aber da hat er wieder nur mit den Fingern geknackt und mich nachdenklich angeguckt. Und weg war er.

Seither probier ich immer wieder mal auch neue Punscharten aus und denk dabei an Kome und an das, was auf uns alle zukommt und auf mein altes Haus beim nächsten großen Sturm.

Aber ich seh auch zu, dass mich die Angst nicht lähmt und dass ich nicht austrockne.